CONTO DE ASSOMBRAÇÃO: A LOIRA DA BEIRA LIN|

Flanxão, o contador de histórias

Reza a lenda que nos anos 70 e pouquinho houve um caso assombroso na região da linha do trem (beira linha) que fazia a divisa territorial entre às Vilas Reunidas e Vila Marília (hoje, bairro União). Neste local conta-se que depois das 18h em noites de lua cheia aparecia uma figura assombrosa que assustava muitas pessoas naquele local.

O testemunho contado pelo senhor Flanxão, um caboclo filho de índio puri que casou com a loira do Circo do Palhaço Periquito. Circo este que sempre armava a tenda no lote em frente ao Bar do Tic-tac na Rua Jéferson.

Flanxão, muito conhecido por ser contador de casos e de histórias, deu seu relato sobre a aparição da entidade na Beira Linha e que ficou conhecida como "A Loira da Beira Linha". Contou que o local era meio abandonado, pois o trem circulava apenas em dois circuitos no horário das 7 da manhã e retorno às 15h e a escuridão e o mato alto fazia do local de uma aparência tenebrosa.

O menino e a loira

Flanxão relatou que uma vez encontrou um menino assustado, só de cueca, correndo do local assombroso e gritava repetidamente: -- A Loira, a Loira... Flanxão disse que segurou o menino pelo braço e perguntou o que ele tinha visto. O menino gaguejando disse que tinha visto uma assombração.

Estava na linha do trem para ver se suas armadilhas de pegar passarinhos e se tinha desarmado e pegado algum, porém, deu vontade de soltar o barro e ele tirou o calção e cueca e agachou. Nesse momento ele sentiu uma mão gelada nas suas costas e virou rapidamente dando de cara com uma mulher loira, vestida de noiva e que tinha os olhos vermelhos e a pele roxa pálida e os pés descalços que tinha seis dedos em cada pé.

Foi notado só isso, pois o medo era imenso, então passou a mão no chão para apanhar o calção e cueca, porém só veio a cueca. Então correu muito sem olhar para traz, e quase chegando perto de casa conseguiu parar e vestir a cueca, sendo seguro nesse momento pelo braço pelo Flanxão.

Desfecho final

Desde então o caso se espalhou e o menino ganhou apelido de Cueca e depois de algum tempo pessoas passaram a chama-lo de Ica. Esse menino, hoje um senhor varão, guarda em sua casa a cueca como lembrança e testemunha daquele sinistro encontro.

Flanxão também disse que houve outro caso, porém contaremos amanhã a segunda parte dessa história.

CONTO DE ASSOMBRAÇÃO: A LOIRA DA BEIRA LINHA - PARTE 2

Calango e o caso

Como relatado na história anterior pelo Flanxão, houve outros casos de outras pessoas que tiveram contato com a assombrosa loira da Beira Linha.

Ele relatou que o caso aconteceu em uma sexta feira dia 23 de junho, época de festa junina e da Fogueira de São João. Ele disse que essa história foi repassada para ele pelo Calango, um pedreiro de mão cheia, morador do final da Rua Lincoln e também conhecido por ser contador de casos e histórias e que tinha a língua solta após molhar a palavra com uma cachacinha. O caso revelado foi esse:

O oportunista de despacho

Tinha um rapazinho miúdo que morava na Rua Silva Fortes, próximo a casa do Cacá (Oscar) mecânico que vivia rondando a linha do trem toda sexta feira para roubar as oferendas deixadas em despacho de macumba, principalmente o charuto e a cachaça. Nesse dia ele apareceu mais tarde, por volta das 19h e levara consigo uma lanterna para localizar e pegar as oferendas.

O despacho era sempre realizado sobre á área de desembarque cimentada e que tinha uns dez metros e ficava rente a linha do trem. Chegando a essa plataforma com a lanterna ele logo localizou o despacho, porém, só tinha umas velas, uma garrafa quebrada de pinga e uma carcaça de frango, parecia que alguém havia chegado primeiro.

A aparição

Para não perder a viagem ele agachou e apanhou as velas. De repente, uma mão gordurosa, branca com unhas compridas e vermelhas o abraçou por traz e deu três gemidos e o soltou. Ele virou depressa e ficou de cara a cara com a Loira da Beira Linha. Paralisado, estático e desesperado ele observou que ela estava vestida de noiva, como sempre, porém, com um bafo de cachaça e com uma coxa de frango na boca.

Ele com as pernas bambas e também já tinha mijado nas calças a viu desaparecer como mágica após o pessoal da casa do Zé Braga soltar uns foguetes em comemoração a São João. Depois disso ele conseguiu mexer as pernas e deu um pinote rumo a sua casa. Nunca mais ele foi naquele local a noite buscar oferendas.

Sequelas

O Calango terminando a história dizendo que esse rapazinho depois do abraço da Loira da Beira Linha ficou com semblante parecido com um porquinho e que em cada pé nascera como milagre mais um dedo. Ainda bem que foi só isso que aconteceu, já imaginaram se o pé dele se transformasse em um pezinho de porco? Outra coisa que ficou para ser investigado é o caso do menino, o Cueca, será que nascera no pé dele também um sexto dedo e ele esconde isso de todos?

CONTO DE ASSOMBRAÇÃO: A LOIRA DA BEIRA LINHA - PARTE 3

Jorge faz pasteis e conta histórias

Desta vez quem contou a história para o Flanxão foi o Jorge Pasteleiro, durante uma partida de sinuca no Bar do Zé do Alho que ficava na Rua Silva Fortes.

O conto foi esse:

Reforma do Galo Forte

Há muito tempo logo quando comecei a trabalhar por conta própria, fechei um serviço de reforma e pintura com o Galego do Bar Galo Forte na Rua Jacuí, próximo ao Curtume Santa Helena, ainda não tinha a Av. Cristiano Machado e havia duas formas de chegada na Jacuí, seguindo a linha do trem ou passar pela Rua Silva Fortes e escalar um morrão que existia ali e descer até a lateral da linha do trem. Porém, no período de chuva era melhor mesmo ir através da linha do trem, pois o barro era intenso e escorregadio.

Chamei o Arí Torresmo para me ajudar, pois tinha que fazer uns rebocos, mas ele recusou, pois estava trabalhando na reforma de um barracão na casa do Zé Cabeludo (Veio). Então chamei um rapazinho da Rua Lincoln, o Gilmar, neto da Dona Josefa.

A empreitada

Combinamos de sair às 7h e encontrar na linha próximo a casa do Zé Braga, pois tinha que levar os materiais e as ferramentas de trabalho. Chegando ao ponto combinado partimos ao destino e logo chegamos até meio cansados.

Começamos o serviço e aceleramos e só paramos para o almoço e logo já era tardezinha. Paramos então, limpamos as ferramentas e lavamos as partes do corpo sujas de tinta e partimos rumo para casa.

A aparição

Como havia chovido muito voltamos pelo mesmo caminho, porém já havia escurecido muito e não tinha trazido lanterna e a única luz que pouco nos ajudava era a lua cheia. O caminho era cansativo, pois andávamos sobre os dormentes (madeirame que predem os trilhos) ou sobre a brita que também prendia os pés.

Após muitos tropeções e risadas paramos um pouco na linha do trem para descansar perto do pontilhão que existia próximo a casa do Porquinho (Geraldo) e antes do grupo Francisco Azevedo. Sentamos na lateral do pontilhão e escutávamos o barulho da água correndo em baixo da ponte e alguns sapos que coaxavam. De repente houve um silêncio total, olhamos para traz do lado da Cidade Ozonam e vimos duas faíscas vermelhas pareadas vindas em nossa direção, no começo achei que eram vagalumes, porém à medida que se aproximava seu tamanho aumentara e pareciam dois olhos vermelhos e uma fumaça branca que acompanhava junto.

As pernas ficaram meio bambas, mas mesmo assim saímos correndo. Caí tropeçando umas três vezes e o Gilmar também, esfolei a canela, os braços e as costas. Faltou coragem para olhar para traz, mas notei que no último tropeço o Gilmar ficou para traz. Nesse instante ele começou a gritar por socorro, pois dissera que a coisa tinha um rosto e parecia uma assombração com cabeça de mulher loira e com a pele roxa e que também tentara abraçar ele.

Ele disse que no desespero conseguiu se levantar e pulou no mato próximo ao muro do grupo e foi se esfolando e tropeçando até chegar aonde eu parei para esperar ele. O Gilmar que era um mulato de cor de canela era naquele momento um desbotado e que a única coisa que mais se expressava no corpo dele era os arranhões e alguns até minavam sangue.

Tiro cego acertou o Batata

Olhamos para traz e não vimos mais a assombração, aceleramos os passos até o cruzamento da Linha do trem com a Rua Pitts. Logo à frente vimos uma luz branca que vinha em nossa direção então pegamos umas pedras e começamos a jogar naquela direção, então foi aí que alguém gritou de lá: "Cambada de filho de uma égua, vocês me acertaram".

Corremos para ver quem era, pois parece que tínhamos machucado alguém e não era a assombração. Encontramos o Aulus com uma lanterna, um rapaz que morava próximo à linha e que dissera que estava ali procurando picão para a sua mãe dar um banho no seu primo, o Saulus, que estava com amarelão, tirissa e diarreia.

O Aulus tinha tomado uma pedrada na testa que formou um grande caroço que parecia uma batata gigante. Então, o Gilmar sugeriu que o Aulus fosse até casa dele para que a sua vó, Dona Josefa curasse o ferimento e também o benzesse. Gilmar disse: "Vamos lá Aulus curar essa batata!" foi nesse instante que surgiu o apelido do Aulus Rodrigues de "Batata".

Sinais sinistros

O Jorge disse que no outro dia quando chegaram ao Bar Galo Forte notaram que as paredes externas que tinham sido pintadas no dia anterior possuía uma grande mancha em forma de silhueta de uma mulher com braços e pernas e que nos pés podia verificar que tinha seis dedos em cada pé.

O Jorge afirmou que até terminar o serviço no Bar Galo forte ele não ficou nenhum dia até a noite, pois a experiência com aquela assombração foi dolorosa e traumática.

CONTO DE ASSOMBRAÇÃO: A LOIRA DA BEIRA LINHA – PARTE 4

Quem foi a Loira

Conforme visto nos contos anteriores houve várias aparições da Loira da Beira Linha para diversas pessoas em toda a extensão da linha do trem desde o Bairro Boa Vista ate o Bairro Ipiranga em um grande período de tempo.

Nesse período também houve mortes de pessoas embriagadas que foram atropeladas pelo trem e até um suicídio de um rapaz que pulou na frente do trem no Bairro Boa Vista.

O conto final sobre a Loira da Beira Linha foi do meu avô que morou muito tempo na Rua Jéferson e que andou muito até se aposentar nesse percurso de bicicleta. Saía às cinco horas de casa até seu local de trabalho que era na Siderúrgica Mannesmann que ficava no Bairro Barreiro de Baixo, onde a linha do trem também passava.

Meu avô, José da Costa Barbosa, que já partiu há muito tempo e que nos deixou muitas saudades, sempre gostou de contar casos mirabolantes que nos deixava assombrados e assustados. O Conto:

O Contador de história

O Zé Barbosa, nome que todos chamavam meu avô, já aposentado e como nunca parou de trabalhar convocou dois rapazes vizinhos de rua para ajuda-lo a furar uma cisterna em sua casa, pois a outra cisterna existente estava com pouca água. Foi um trabalho árduo deste o começo, pois o local era de cascalheira e as pedras encontradas eram de quartzo e quartzito (pedras duras). Foram cinco dias de perfuração, retirada de terra, pedras e de barro e com algumas surpresas inesperadas.

A picada da cobra

No segundo dia já com uma profundidade de quase dez metros, Zé Barbosa entrou no poço perfurado substituindo o Zé Mosquito, um dos rapazes que lhe estava ajudando na empreitada, para continuar a escavação quando na descida resolveu tirar na lateral do poço um pedaço de raiz seco e podre.

Com o enxadão cavoucou a raiz e quando ela estava quase solta tentou puxa-la com uma das mãos, foi quando aconteceu o acidente. Tinha uma cobra coral dentro do pau oco e podre e picou a sua mão. Nervoso e assustado ele com a ajuda dos colegas saiu do poço e foi tomar providência para a ferida já que a dor era intensa.

Zé Mosquito com um facão matou a serpente e a trouxe para fora do poço para ver que tipo de cobra era. Sim era uma cobra coral, Zé Mosquito sugeriu que meu avô chupasse e cuspisse o sangue do local onde teve a picada e depois colocasse uma compressa em cima da ferida com algumas ervas que ele conhecia. Aquela tarde houve uma parada na empreitada aguardando até que o Zé Barbosa melhorasse.

À noite Zé Barbosa teve febre e calafrios, mas pela manhã já se levantara bem cedo e também já coara o café. Às sete horas os dois companheiros já estavam na cozinha com ele tomando o café para começarem a labuta novamente. Trabalharam até às onze horas e pararam para o almoço.

Muita conversa entre eles durante o almoço e surgiu o caso da Loira da Beira e suas aparições. Nessa hora Zé Barbosa resolveu contar para Zé Mosquito e Tubulão (o outro companheiro) sobre a Loira.

A origem da loira

Zé Barbosa contou que há um tempo o Circo do Palhaço Periquito ficou armado na Rua Nelson com Rua Jéferson por uns seis meses. A mulher Barbada do circo se chamava Clotilde e tinha uma filha já mocinha e muito bonita que se chamava Danubia.

Danubia era uma loira de olhos verdes e trabalhava no circo na bilheteria e no trato dos animais. Teve um dia que ela foi ao Supermercado do Grillo comprar milho para alimentar os animais do circo e ficou conhecendo um rapaz muito simpático que morava no bairro Ipiranga. Ela o convidou para assistir aos espetáculos do circo e disse que daria um bilhete de cortesia.

O Rapaz virou um espectador assíduo do circo e sempre que dava ficava na janela da bilheteria xavecando a bela loira. Passando algum tempo eles começaram a namorar e logo a família da moça fez pressão para que eles ficassem noivos. O rapaz cujo nome era Antônio Carlos Goldinho era jovem, porém adquirira muito experiência com o seu pai como mestre de obras.

A preparação do casamento

Diante de grande pressão para se casar por parte da família de Danubia o Tonico (Antônio Carlos) resolvera ir trabalhar em uma grande obra no Bairro Gameleira. Entrou como pedreiro e rapidamente foi nomeado a mestre de obra com uma boa alteração salarial.

Com três meses de carteira assinada já tinha comprado grande parte dos móveis e já reformara um barracão no fundo da casa do seu pai onde iria morar. Danubia que recebia um salário pequeno no circo, mas com a ajuda da sua mãe já tinha o enxoval quase todo pronto, inclusive o vestido de noiva que fora confeccionada por Dona Inês, uma costureira de mão cheia que morava na Rua Johnson.

O desastre

O dia do casamento já estava marcado, seria no mês de março daquele ano, tudo já estava pronto e organizado: o enxoval, a casa, a igreja, os convites e a festa. Danubia vestiu o vestido de noiva umas dez vezes para ter certeza que ficaria bonita no grande dia. O anão chamado Dedão do circo seria o Porta

Alianças e já ficara enjoado de tanto treinar com o terninho preto feito por Dona Inês para a entrada na igreja.

No dia 4 de fevereiro de 1971, na obra em Tonico trabalhava aconteceu um acidente. A pressa para inaugurar a obra, pois era ano eleitoreiro deram ordens para retirar as escoras das alvenarias sendo que grande parte ainda não estavam curadas. Os pilares e a grande laje se romperam e 69 operários morreram e outros 50 ficaram feridos. A notícia veio na Radio Itatiaia depois no urgente da TV Globo e demais emissoras.

No circo e na casa do Tonico todos ficaram apreensivos, pois não divulgavam quem estava morto e quem sobrevivera. A obra que se rompeu por desabamento foi à construção do Pavilhão de Exposições da Gameleira, tido até hoje como o maior acidente da construção civil no Brasil.

A morte de Tonico

Ficaram 40 dias tirando pessoas dos escombros. Veio o pessoal do Corpo de Bombeiros, a Guarda Civil e até voluntários para ajudar no resgate. Danubia ficara sabendo que Tonico não estava na lista dos mortos nem dos que saíram com vida, ele estava na lista dos que estavam embaixo dos escombros.

Quanto sofrimento, a cada hora, a cada minuto, o jornalismo no local cedia imagens em tempo real da retirada de pessoas vivas, algumas mutiladas e muitas mortas. A cada hora as esperanças diminuíam, pois sobreviver sobre aquele peso todo e sem ar era quase impossível. Dois dias se passaram e veio à notícia ruim. Acharam o corpo de Tonico, porém já sem vida.

O desespero e o desalento tomaram conta dos familiares e Danubia assim que recebeu a notícia ficou em choque. O Circo ficou fechado por trinta dias. Até a jogatina que acontecia às escondidas no circo aos domingos cessara. Danubia ficou sem conversar e sem comer por duas semanas.

Chegaram levá-la para o hospital onde ficou cinco dias tomando soro na veia, pois estava muito fraca.

A morte e transcendência em assombração

Após os cinco dias de internação, Danubia retornou para o Circo. A direção do circo resolvera ir embora para outra cidade. Venderam alguns animais principalmente os cavalos e começaram o desmanche para a partida no dia seguinte. À tarde Danubia se vestiu de noiva, se maquiou e exigiu que Dedão, o anão vestisse o terninho preto e ficasse de prontidão, pois, o Toninho estava vindo para irem para a igreja.

Chamaram o Dr. Marcio, o médico que morava no bairro, para consulta-la e ele disse que ela estavam passando por um grande trauma e que um calmante a ajudaria a dormir e em breve voltar ao normal. Parece que o calmante não a ajudou a dormir e cedinho vestiu o vestido de noiva e saiu escondida rumo ao Bairro Ipiranga para a casa do Tonico. Às 7 horas da manhã em frente ao Bar do

Galo Forte ficaram sabendo que o trem atropelara uma mulher vestida de noiva pertinho dali. A notícia correu o bairro todo chegando ao circo.

A noiva morta era Danubia e novamente o desespero tomou conta da família e amigos do circo. Quanta calamidade em tão pouco tempo. Mal tinham realizado um velório e estavam fazendo outro.

A partida do circo

Após o velório e enterro de Danubia o circo baixou as lonas e partiu. O circo era o assunto do momento no bar, na mercearia e até nas igrejas.

A especulação da morte de Danubia era muita, algumas pessoas falavam que ela suicidou-se, outro que estava delirando e andando na linha do trem e foi atropelada e até alguns disseram que fora assassinada sendo empurrada na linha quando o trem passou.

Sô Jaime, funcionário da Rede Ferroviária que trabalhava como sinaleiro na passagem de nível do trem do Bairro São Geraldo, disse que sempre que podia levava os seus filhos o Irã e o Abel nos espetáculos do Circo e que os meninos já estavam sentido falta deles.

Final

Flanxão, que casou com a loira irmã do Palhaço Periquito disse que o circo visitou muitas cidades durante um ano, porém, ficou endividado e logo após foi vendido para o Circo Minuano.

A Loira da Beira Linha só parou de aparecer e assombrar as pessoas após a privatização da Rede Ferroviária em 1996 quando começaram a remover grande parte dos trilhos da linha do trem inclusive o percurso do Bairro União até o Bairro Boa Vista sendo depois instalado a linha do metrô.

A assombração desapareceu, mas deixou marcas em muitas pessoas com quem ela teve contato. Marcas físicas, emocionais e psicológicas.

Esse conto também deixa nossa indignação ao acontecimento real e terrível que foi o desmoronamento do Parque de Exposição da Gameleira. Pessoas morreram e outras foram mutiladas nesse acidente. Famílias perderam o varão, o chefe da casa que a mantinha economicamente, dando sustento a prole.

Também sofreram muito de diversas formas e custaram a serem indenizadas pela empresa responsável pela obra. Quanto à apuração do erro humano ou culpa desse desastre apenas um bode expiatório foi condenado (o engenheiro chefe). Mais uma vez o poder econômico e de influência politica livrou os verdadeiros culpados pela tragédia.

CONTO DE ASSOMBRAÇÃO: A CASA ASSOMBRADA DO SÔ PAULO

Esse conto fantasmagórico aconteceu há muito tempo quando ainda éramos crianças e adolescentes, na Rua Lincoln na casa ao lado da Dona Iracema. O conto relata um período temporal em que as crianças brincavam nas ruas, não só a da sua casa, mas também em muitas outras do bairro. O conto é narrado por mim e por outra pessoa que não quis se revelar. Vamos ao conto:

Sô Paulo – Um homem misterioso

O Sô Paulo era um senhor alto que tinha uma idade na faixa dos 50 anos, da pele branca de cabelos escuros, de bigode tipo Chevron Moustache (bigode tipo do professor Girafales) que se vestia sempre social e sempre que saia para viagens se vestia com o terno azul marinho.

Também usava chapéu gaúcho de feltro o que o diferenciava dos outros senhores que na maioria usavam chapéu Panamá ou de palha. Sempre alinhado, com botas engraxadas e barba feita o que era notado pouquíssimas vezes, pois vê-lo na rua era raridade.

Era muito notado quando saía ou retornava de viagem, pois a mala de couro com fivelas e o guarda-chuvas o acompanhava. Morava sozinho e tinha um cachorro preto grande que se chamava Pantera.

A casa do Sô Paulo – Cheia de mistérios

A casa do Sô Paulo ficava no fundo lote sendo que a entrada era bem no final do lote o que dificultava vê-lo ou qualquer outro tipo movimentação. O cachorro Pantera já tinha uma casinha de madeira na frente da casa e ficava preso quando ele estava em casa e solto quando ele viajava.

O lote tinha árvores enormes de frutíferas, como abacateiro, manga, pau doce e ameixeira e era cercada por uma tela tipo alambrado coberta por plantas trepadeira que não permitia ver muito dentro do lote. A casa era de telhado com forro e tinha também fogão à lenha, fato este que a fumaça era o alerta que Sô Paulo estava em casa.

Um dos grandes mistérios da casa era quem cuidava do Pantera quando o Sô Paulo viajava? Às vezes ele sumia por semanas e não se via ninguém na casa e muito menos cuidando do Pantera. Lembrando também que nesse tempo não tinha rações para animais quanto mais para cachorros. Eles eram tratados com restos de comidas, ossos e carnes de terceira dos açougues, cozidas com fubá.

Na casa havia também além do Pantera um casal de mocho preto (coruja) que morava nas densas árvores do lote e só vistas à noite quando saíam em busca de alimentos. De vez em quando à tardinha após um dia chuvoso em que Dona juras (formigas aladas) e aleluias saíam em voos, elas apareciam para se alimentar.

Pantera de vez enquanto fugia e ia ao encontro da Iaiá, a doida que morava do lado da casa. Ele lambia e se esfregava nela e o amor era recíproco.

Outra coisa que intriga a gente era que não via Só Paulo chegar em casa com compras. Nunca foi de frequentar o bar, a padaria ou mercearia. De vez enquanto um carro preto o trazia até a porta de sua casa e ele descia uma caixa de papelão que parecia pesada.

A morte do Sô Paulo

Essa rotina de muita observância foi quebrada quando o Sô Paulo sumiu por um longo tempo e após alguns dias notou-se que os urubus estavam rodeando a casa em voos aspirais demonstrando que avia carniça ou algo morto naquele lote.

Um dia depois começou-se a notar um cheiro de carniça que começou a perturbar os vizinhos e o Sr. Manoel que morava na casa de baixo chamou a policia Militar para verificar. Chegando a polícia, pularam a cerca e notaram que havia algo de errado, pois a porta da cozinha estava aberta e o mau cheiro era intenso.

Adentraram e acharam o Sô Paulo mortinho no chão e já fazia um bom tempo que ele estava ali. Então, Sr. Manoel que tinha mais conhecimento do Sô Paulo mandou seu filho Toninho ir até a Cidade Ozanam avisar ao Padre da paróquia, Padre Tadeu, sobre a morte de seu irmão.

Mistério do carro preto

O reboliço na rua era intenso as pessoas que passavam pela rua perguntavam sobre o evento e outras até inventavam coisas sobre a morte do Sô Paulo. Teve um senhor que falou que a morte foi por vingança outra pessoa dissera que foi infarto e teve até palpite que foi suicídio. Levaram o corpo para o IML e o Padre Tadeu ficou na casa coletando documentos e alguns pertences de valor.

Na parte da tarde aparecera na porta da casa dois carros pretos igual ao que trazia o Sô Paulo de vez enquanto. Do carro desceram quatro homens vestidos de ternos azul marinho, igual ao do Sô Paulo, o estilo eram os mesmos com chapéu e tudo, um além da vestimenta usava um óculo escuro.

Cumprimentaram o Padre Tadeu e adentraram a casa. Ficamos sabendo que o velório foi na casa paroquial na Cidade Ozanam no dia seguinte.

A causa da morte

Após o velório e enterro do Sô Paulo a casa ficou fechada e vimos que até a Cemig desligou a energia. Também sentimos falta do Pantera que desaparecera e que inclusive o Padre pediu para os vizinhos que se ele aparecesse para avisá-lo pois estavam arrumando um novo dono para ele.

Sr. Manoel contou para dona Judite, que contou para Dona Juraci, que contou para Dona Zelita que contou para a rua toda que Sô Paulo morrera de infarto fuminante. Após uns dez dias do enterro do Sô Paulo acharam o Pantera morto na linha do trem. Não morrera atropelado, porém, em cachorro não se fazia autopsia e o palpite seria que morreu envenenado. O padre Tadeu mandou um caminhão buscar alguns móveis e roupas para fazer doação para os moradores da Cidade Ozanam.

Casa assombrada

A casa do Sô Paulo ficou fechada e abandonada por um bom tempo. O mato tomou conta do lote todo. A noite se ouvia muitos sons estranhos daquele lugar. As arvores frutíferas chamavam a atenção durante o dia, principalmente da criançada, porém poucos aventuravam pular à cerca para roubar frutas, principalmente à ameixeira que exalava um perfume e seus frutos eram grandes, amarelos e atrativos. Notamos que os mochos tinham filhotes e agora eram quatro que fazia seus guinchos e pios durante a noite tornando o local mais assustador. Tinha também novos moradores nas árvores, um casal de Trinca Ferro que cantava muito de manhã e ao final da tarde.

Teve um dia após uma chuva de verão que saiu fumaça da casa do Sô Paulo, o pessoal da casa da Dona Iracema ficaram preocupados com incêndio e queria pular a cerca e adentrar a casa para verificar, porém, não foi possível, pois, as portas eram de madeira bruta e portas bem reforçadas. Após algum tempo a fumaça cessou. Passou algum tempo e logo após outra chuvinha eis que a fumaça surgiu com maior intensidade e parecia até que saia até pela chaminé.

As especulações eram muitas, alguns falavam que o fantasma do Sô Paulo estava acendendo o fogão de lenha, outros dissera que tinha uma pessoa morando escondido dentro da casa e várias outras conversas cada uma mais assombrosa do que a outra. Chamaram o Padre Tadeu e ele veio ver o acontecido.

O Padre trouce o crucifixo e até agua benta diante de tanta história da casa. O Padre ao chegar a casa ficou assustado, pois o lote parecia uma selva, o mato tinha tomado conta e teve que pedir um rapaz para roçar o mato para que pudesse chegar até a porta. Feito o trabalho de remoção da mata, adentrou a cada e vistoriou tudo.

Dissera que não tinha como o fogão de lenha acender, pois na retirada dos móveis levaram também toda a lenha. Após verificar todos os cômodos viu que no quartinho de dispensa do lado da cozinha o telhado tinha algumas telhas quebradas que durante as chuvas penetrou muita água e molhou um caixote que tinha cal virgem fazendo a reação química liberando fumaça e vapor d'água.

Estava desvendado o mistério da fumaça. Feito a vistoria na casa o Padre pagou o rapaz para fazer uma limpeza no lote e chamar um carroceiro para tirar os resíduos. Pediu também para que trocasse as telhas quebradas.

Olhos de faíscas

Depois de solucionado o mistério da fumaça e limpeza do lote o povo esqueceu um pouco os assombros da casa.

Passaram algum tempo as crianças da rua já iam até a cerca apanhar algumas flores das trepadeiras e também comer os carocinhos da fruta Melão de São Caetano que tinham muito e que atraia também passarinhos.

O tempo passou e mato voltou a tomar conta do pedaço, a noite o local voltara a ficar assombroso, teve gente que garantia que vira movimentação dentro da casa e que também vira dois olhos vermelhos que pareciam com o do Pantera.

Novamente o Padre fora acionado para verificar se havia alguém morando dentro da casa. Dessa vez o Padre já trouxera o rapaz e o carroceiro para limpeza. Ao abrir a casa o Padre levou um susto, realmente havia um morador dentro da casa, era um gato do mato e tinha dado cria a quatro filhotes.

O padre chamou policia militar que acionou o zoológico e vieram um pessoal com redes e material para transporte do felino.

O Padre falou com os vizinhos que venderia a casa, pois não tinha tempo para ficar cuidando e espantando fantasmas.

Novos vizinhos

Passando alguns meses um caminhão de mudança parou em frente à casa do Sô Paulo e começou a descarregar móveis. O motorista dissera que o Padre alugara a casa para um amigo de longa data, assim, até ele conseguir vender o imóvel a casa seria bem cuidada pelo novo morador. No final do dia chegaram os novos vizinhos, Mané Jorge e família. Mané Jorge era o pai do Biro-Biro e do Marquinhos Cabeção.

Com o passar do tempo o Mané Jorge fizera amizade com os vizinhos e em uma oportunidade contou sobre a história do Sô Paulo, já que era amigão do Padre e prestara serviços para a família dele também.
Segundo relato do Mané Jorge a família do Sô Paulo era de Diamantina e eram garimpeiros de diamantes. Disse que houve um terrível incêndio na casa da fazenda onde o Sô Paulo morava com a esposa, sem filhos e que terminou com a morte dela.

O Sô Paulo ficou muito triste e deprimido largou tudo em Diamantina e veio morar em BH tentando esquecer a tragédia. Sô Paulo também era avaliador de diamantes e trabalhava com um joalheiro que morava no centro de BH. Era um ricaço Inglês que comprava diamantes, lapidava e vendia para fora do país. Os carros pretos (Ford Bigode) eram desse senhor. E sempre viajava com o Sô Paulo para avaliar e comprar diamantes em várias regiões de Minas Gerais.

    Com o passar do tempo às histórias e casos assombrosos da casa do Sô Paulo caíram no esquecimento. A casa também tomara outro rumo devido os moradores serem crianças e adolescentes que movimentavam, brincavam e alegravam o lote.

CONTO DE ASSOMBRAÇÃO: O PORCO VAMPIRO

O conto

Reza a lenda que há um tempo remoto morava sozinho um senhor dentuço na antiga Olaria do bairro vila Marília, próximo à casa do Didí (Queijinho) e que esse ermitão não saía de casa de dia. Só saia à noite e frequentava o bar do Tic Tac, bar do Antônio Olho de Vidro e também o bar da dona Guidinha.

Ele só bebia um copo de vinho e só comia chouriço quando tinha. Tinha os olhos faiscantes e vermelhos um bafo de defunto e vestia uma capa preta. Dissera para todos que tinha parentes no estrangeiro e foi trazido para o Brasil ainda pequeno, pois sua família fazia pesquisas com morcegos. Também disse que se chamava Dráculus Porquídius.

Se beijar o sapo ele vira príncipe? A regra serve para morcego também?

Dona Guidinha ainda não namorava o Sr. Antônio e esse senhor se engraçava muito com ela. Ficava no bar até ela fechar a bitaca, digo, o bar. Um dia a dona Guidinha fechou o bar mais cedo para ir à missa e o convidou para acompanha-la a missa. Foi nesse momento que ele disse o conhecido refrão: "Sai fora dona Guidinha!" levantou-se e foi-se embora. Todos notaram que ele não gostava de igrejas.

Os ataques noturnos

O pessoal do bairro estava reclamando que alguém estava roubando galinhas e porcos todas as noites. Ninguém sabia o que estava acontecendo com esses bichos.

Sô Antônio Olho de Vidro estava muito chateado porque deixou sua neta tomando conta do bar para ele que almoçasse e parece que ela vendeu o olho dele como bola de gude para alguma criança. Além desse transtorno, seus dois galos índios de briga (rinha) tinham desaparecido do galinheiro.

Valente Senhor

Teve um dia que até os seis patinhos que saíram para nadar desapareceram e não retornaram mais. Mas, um dia o Sô Zé da Roça (avô da Rejane) um senhor muito valente e destemido, acordou a noite com um barulho no quintal, diante disso ele pegou um facão e uma lanterna e foi ver oque afligia o leitãozinho no chiqueiro.

Não é que deparou com o Sr. Dráculus capa preta com o leitãozinho debaixo do braço!. Então, o Sô Zé da Roça, ligeiramente deu uma lapada com o facão nas costas dele e foi o bastante para ele soltar o leitão e pular o muro de dois metros como um macaco.

O levante do povo

No outro dia o pessoal se reuniu e foi no barraco do Sr. Dráculus capa preta pedir satisfação do porque ele estava roubando os animais. Chegaram lá e chamaram, porém, ninguém atendeu. Então deram um chute na porta e ela se abriu. Neste momento saiu um enorme bicho preto muito grande voando e se escondeu na copa de um grande pé de manga próximo.

O pessoal ficou assustado, pois tinha muitos animais mortos dentro do barraco e pareciam que tinham chupado todo o sangue deles. Diante disso a dona Josefa, uma centenária senhora da Rua Lincoln, madrinha da Rejane, falou para que o pessoal jogasse agua benta dentro do barraco e colocasse um crucifixo dentro e na porta do barraco. Fizeram esses acertos e foram embora.

Final

Dona Guidinha também ficou traumatizada, pois já estava cedendo aos encantos dele e quase rolou um romance.

Sô Antônio ficou parcialmente triste, pois encontraram os dois galos de briga dele mortos no barraco do meliante, porém recebeu pelo menos uma notícia boa, o olho de vidro dele estava dentro de uma tigela junto com outros cinco olhos de porcos.

Até hoje contam os antigos que o Sr. Dráculus capa preta sumiu, porém, todos ficam assustados com a semelhança dele com o um menino que morava na Rua Silva fortes.

CONTO DE ASSOMBRAÇÃO: PÊLO GROSSO O LOBISOMEM

Quem se lembra da feirinha do Bairro União? Ela começou quando o bairro ainda se chamava Vilas Reunidas e os primeiros feirantes montaram a feira na Rua Edson, posteriormente ela foi para a Rua Walace, esquina com a Rua Lorca.

No começo ela tinha poucas barracas, pois tinha uma grande concorrente que era a feira do Bairro São Paulo. Tinha um senhor que tinha uma banca nessa feira que só vendia bananas e de vez em quando ele também trazia mandioca para venda. Seu apelido local era Pêlo Grosso, isso devido dele possuir rosto, braços, pernas e as costas muito peludas. Ele morava no final da Rua Juarez.

Moradores da Rua Jeferson

A história desse senhor, Pêlo Grosso, foi contado por uma senhora idosa moradora há 65 anos da Rua Jéferson depois do quarteirão da Rua San Martins, chamada de Ourita. Vamos ao caso contado por ela:

A patriarca senhora contadora de histórias

Sou uma das primeiras moradoras dessa rua e vivenciei muitas coisas esquisitas que aconteceram nessa região. Vou contar sobre o caso do senhor que morava no final da Rua Juarez que terminava num barranco que tinha um único caminho que levava até a sua casa.

Do alto que ficava o barraco que ele morava dava para ver o caminho da linha do trem e também a antiga fazenda do Retiro pertencente ao Sr. Dico (família Silveira) e que era o local de passagem das pessoas que queriam ir para os bairros São Paulo ou Pirajá.

Muitas pessoas das vilas Laginha, Americana, Marília, Vilma e Severa (Vilas Reunidas) subiam a Rua Jeferson até final dela e atravessavam a linha do trem cortando por dentro do pasto da fazenda do Sr. Dico. O tráfego nesse local era intenso de dia e um pouco menos ao entardecer.

O caso

O caso começou a acontecer em 1967, numa semana de festas da Paróquia de São Paulo na Rua Angola do Bairro São Paulo. As pessoas vinham à noite depois da festa pelo caminho passando pelo pasto do Sr. Dico e sempre próximo à linha do trem ouviam uivo de lobo e até sons de um animal rosnando.

Um dia uma moça foi atacada por um cachorro preto muito grande que chegou até mordê-la na perna e que foi salva por um senhor que vinha logo atrás dela e pegou um pau e pedras e afugentou o canino. Houve um caso de ataque a um senhor que trazia uma sacola de compras também no caminho escuro do pasto e que foi levado para o hospital com ferimentos graves. Os casos de ataques começaram a acontecer diariamente no período noturno e as pessoas deixaram de percorrer naquele trajeto à noite ou sozinhas.

Teve uma noite que uma senhora chamada Marilda, moradora da Rua Jeferson saiu à noite para buscar na casa de sua irmã um xarope para dar a uma criança e foi atacada por um bicho preto que parecia um enorme cachorro, porém, antes de atacá-la ele estava de pé chegou a mordê-la no braço. Ela gritou tanto que as pessoas saíram de casa e o animal saiu correndo.

Depois disso o medo tomou conta das pessoas, assim que o Sol se punha no horizonte as janelas e portas eram trancadas e as pessoas não saiam de forma alguma para fora. Os moradores já estavam se reunindo antes com a intensão de montar uma associação para se organizarem e cobrar da prefeitura a construção de uma rede pluvial para as chuvas que sempre destruía as ruas sem pavimentação e colocaram em pauta sobre o caso assombroso do bicho que atacava as pessoas à noite.

A pessoa a frente dessa associação era um senhor destemido, experiente, valente e respeitado por todos cujo nome era José Antônio e o apelido Sô Zé Guarda.

Um senhor destemido

Esse senhor era um guarda da Polícia Militar e aspirava ao cargo de sargento, sendo muito prestativo não só na segurança das pessoas como também auxiliando as pessoas nas dificuldades e na doença. Nas reuniões que aconteciam à noite o Pêlo Grosso não comparecia e sempre dava uma desculpa.

Quando a reunião acontecia no período da tarde, ele estava presente. Teve um dia em que a reunião aconteceu à tarde e foi colocado em pauta sobre o caso de ataque pelo bicho peludo. Após relatos, todos perturbados e preocupados, pois estavam com medo de ser a próxima vítima pediram que a polícia fizesse uma caça ao animal e o capturassem ou o matassem.

Sô Zé Guarda disse que o contingente de policias para a região era pequeno e não poderia pedir ao delegado que deslocasse o pelotão para o local para fazer essa varredura, mas na folga dele montaria um grupo de homens para fazer a caçada.

O Pêlo Grosso que até aquele momento só ouvia pediu a palavra e disse para todos que aquilo era muita imaginação das pessoas, era apenas um cachorro que poderia ser dos próprios moradores, que por estar velho meio cego ou surdo fazia os ataques. Disse que já tinha visto o cachorro e não era esse monstro que as pessoas falavam.

Após esse relato de Pêlo Grosso as pessoas discordaram e houve muita discursão, ficando resolvido que na folga do Sô Zé Guarda a patrulha seria formada e fariam a busca. Novamente o Pêlo Grosso discordou e disse que eles poderiam acabar atirando ou machucando alguém no escuro ou mesmo até os próprios companheiros. Não adiantou, estava decidida, a patrulha seria organizada. Insatisfeito, Pêlo Grosso foi embora e não se despediu de ninguém.

O dia da Caçada

Sô Zé Guarda com toda a sua experiência convocou dez homens e pediu que levassem lanternas, facão e armas de fogo (espingardas, garruchas, bacamarte, trabuco e até 38) e arrumara no quartel uma rede de captura de onça. Reuniu a patrulha em sua casa e deu instruções sobre a caça e tentativa de capturar o bicho vivo, caso não fosse possível ele seria abatido. Ensinou até como mirar e como carregar as armas.

Marcaram para a noite de uma sexta-feira e ficaria de prontidão na lateral da linha do trem. Dividiu o grupo em dois pelotões e um grupo seguiu sentido Bairro São Paulo e outro circulando pela linha do trem. Ficaram em prontidão até às 5h da manhã e apenas o pelotão da linha tinha ouvido uivos vindo do alto do barranco.

Cansados, decepcionados e com sono o pelotão retornou para casa. Fizeram a patrulha por quatro semanas e apenas ouviram os uivos e nada mais.

Alguns desistiram e não compareceram mais para a patrulha. Assim na última caçada, Sô Zé Guarda decidiu acabar com a patrulha. Mas, no dia seguinte um novo ataque da criatura, dessa vez o bicho entrou no galinheiro do Sr. Aquiles e matou todas as galinhas, arrancando inclusive a cabeça delas. Na casa do Zé Arnaldo matou dois leitões, rasgando o couro dos porcos com se fosse uma navalha.

O terror voltou a aterrorizar as pessoas. Agora além de proteger os familiares os animais domésticos estavam correndo risco de serem mortos. Parecia uma vingança do bicho por ter os moradores montado a patrulha para caça-lo.

A semana passou e foi aterrorizante com muitas baixas de animais domésticos. Até gatos, cachorros e um burro foram assassinados. Chegou à sexta-feira e não tinha mais a patrulha para fazer a ronda. Mas tinha o Sô Zé Guarda de folga, muito determinado e resolvera sozinho fazer uma caçada ao monstro da redondeza. Carregou o seu 38 com munição pegou a lanterna e um facão, vestiu um casaco de couro escuro e uma calça preta para camuflar na escuridão e foi ficar de espreita às 23 horas no final da Rua Jeferson.

A caçada

Quando o relógio de bolso do Sô Zé Guarda marcou meia noite e a Lua cheia apareceu esplendorosa de traz das nuvens iluminando a escuridão noturna eis que o silencio foi interrompido por um grande uivo. Sô Zé Guarda que possuía bons ouvidos sentiu a direção que vinha o afinado apelo a Lua, então destravou o 38 e rumou em sentido ao alto do morro onde tinha o barraco do Pêlo Grosso. Agachado, na espreita e sorrateiro Sô Zé com a lanterna apagada e revolver em punho mirou no bicho preto peludo que em pé saudava a Lua. Foram dois disparos, o terceiro mascou.

O bicho ferido saiu correndo deixando uma possa de sangue, muito sangue e um bocado de carne estava junto a possa de sangue. Sô Zé acendeu a lanterna e viu que a carne tinha uma pelagem preta e comprido parecendo cabelo humano pegou um bornal que tinha no bolso e levou a prova que acertara a criatura.

Com o barulho dos disparos as pessoas saíram para a rua e encontraram com o Sô Zé sorridente e com a prova de que acertara o bicho. Durante semana houve uma procura do corpo abatido do bicho feio, porém, não foi achado. Os dias foram se passando e tudo voltou ao normal. No tinha mais ataques às pessoas ou animais e os uivos só dos cachorros de casa. Mas um fato notório que marcou as pessoas foi o sumiço do Pêlo Grosso. Nunca mais ele apareceu na região.

Desfecho final

Sô Zé disse que na delegacia ficou sabendo que Pêlo Grosso tinha sido internado no hospital vítima de assalto. No depoimento dele relatava que ele tinha passado a noite de sexta na jogatina de baralho, no Bairro São Paulo e que tinha ganhado muito dinheiro.

No retorno para casa fizeram uma emboscada para tomar o dinheiro dele. Acertaram dois tiros nele, sendo um nas costas e outro no braço e quando caiu no chão pegaram a grana e o jogou no valão da linha do trem. Disse que de manhã o pessoal que trabalhava no Curtume Santa Helena passando pela linha, o avistou e ainda vivo o levaram para o hospital. Sô Zé disse que o depoimento dele era mentira, pois a jogatina só acontecia no sábado e no domingo. Nas sextas na casa de jogo tinha o bingo da igreja.

O barraco do Pêlo Grosso foi desmontado um mês depois do seu sumiço pelo pedreiro, seu irmão Miro (Valtamiro pai do Toninho doido). Dizem que no local do barracão tinha muito pelo parecia que morava um monte de urso peludo ali.

Sô Zé mandou tratar o pedaço de couro peludo do bicho e fez um chaveiro e guarda até hoje de recordação.

Os acontecimentos, os relatos e as evidencias levaram a crê que Pêlo Grosso era um Lobisomem.

OS DOIDOS DO BAIRRO UNIÃO: LUIZINHO CHEIROSO

De notória vimos que no Bairro União tinha e tem muitos doidos. Pessoas que possuía ou possuem algum tipo de deficiência ou falha mental que o torna fora dos padrões sociais, culturais ou ambientais sejam eles regionais ou locais. Vamos falar nesse conto de um cara especial, o Luizinho Cheiroso. Ele era doido, mas não rasgava dinheiro, sabia jogar bola, pois tinha habilidade, ficava na rua o dia inteiro.

Luizinho era uma criança enjaulada em um corpo de homem, pois apesar de adulto ele tinha ações, desejos e sonhos de uma criança e todas as vezes que tentava entrosar, brincar ou se comunicar com adultos ele se dava mal por falta de maturidade, maldade ou de raciocínio lógico.

Quantas vezes eu vi pessoas adultas maltratando o Luizinho e colocando ele para correr, afugentando-o como um cachorro sarnento sem reconhecer as suas dificuldades mentais. Também se notara que a família do Luizinho não conseguia controla-lo, segurá-lo em casa e até medica-lo.
Sem mais delongas vamos ao conto:

O almoço de domingo

Lembro-me dos almoços de domingo em minha infância e juventude que quase era padrão em todas as casas, ou seja, o cardápio e a rotina era quase padrão nas famílias daquela época. Era o frango assado, frito ou cozido com macarronada, maionese, batata frita e tutu de feijão. Regado por muita Coca cola ou suco de saquinho (Ki-suco ou Ki-refresco). Lembro que meu pai comprava a Coca cola e Fanta laranja tamanho família, pois naquele tempo não tinha ainda a embalagem de dois litros. Preparava-se o almoço ouvindo boa música, pois tínhamos uma radiola Advance com aproximadamente 500 discos de vinil com variedade de ritmos e músicas. Assistia também durante o almoço o programa Silvo Santos e alguns filmes de aventuras que passavam nesse horário.

O convidado de domingo

Aos domingos pela manhã meu pai pegava a chuteira e ia jogar bola, retornando somente perto do horário do almoço. Em certo momento o Luizinho começou a vir acompanhando meu pai até em casa para almoçar conosco. Ele não se sentava à mesa preferia ficar sentado no alpendre e assim que terminava de almoçar ele desaparecia.

Teve um dia em que meu pai chegou com Luizinho e todos notamos que ele estava com o cheiro muito forte que chegava a arder os olhos. Parecia que tinha uns dois anos sem tomar banho e ainda tinha dormido com um bode.

O banho

Meu pai disse a ele que só poderia almoçar conosco se ele tomasse um banho. Ele só aceitou tomar o banho, porém queria o almoço mais também uma moeda de um cruzeiro. Acertado as partes ele foi até o banheiro. Minha mãe foi separar umas roupas usadas para dar para ele vestir enquanto se banhava. Meu pai arrumou uma bucha e sabonete, porém quando entrou no banheiro para entregar para ele já tinha terminado o banho.

Ele tinha lavado o rosto os braços e os pés que estava num chulé insuportável. Meu pai o fez tomar banho de novo, exigiu que lavasse a cabeça, o pescoço, as costas e as pernas. Depois de meia hora o Luizinho já estava de banho lavado, trocado a roupa e de chinelo que também ganhou de presente, pois o Kichute que ele estava usando estava furado e fedendo muito.

Embora não gostasse muito do banho ficou alegre assim que recebeu a moeda de um cruzeiro. Luizinho almoçou, tomou um copo de refrigerante e sumiu sem se despedir.

O banheiro destruído

Todos almoçaram e Luizinho já tinha ido embora e minha mãe combinou conosco para que lavássemos as louças e recolhesse as sobras para o jantar enquanto ela iria limpar o banheiro. Nesse momento em que ela adentrou o banheiro para fazer a faxina ela quase teve um "trem".

Luizinho tinha aprontado muito dentro do banheiro. Defecou no chão próximo ao vaso, não limpou com papel e encostou a bunda nos azulejos brancos da parece deixando um carimbo e para finalizar tinha limpado a bunda com a toalha de rosto que estava caída atrás do vaso sanitário.

Também deixou no chão as suas vestimentas que tinha um grande mau cheiro e o Kichute que teve que ser enterrado no quintal para não atrair os urubus. Desde esse dia ficou combinado que se o Luizinho aparecesse para almoçar e precisasse de banho ele o faria no quintal e com a mangueira e com supervisão do meu pai.

Final

O Luizinho veio muitas vezes após esse episodio almoçar conosco e depois ele desapareceu. Achamos que ele encontrou outra casa para o almoço de domingo e os agrados eram melhores.

O Luizinho viveu muito tempo de nossa infância e adolescência próximo a nós. Ele jogava bola (quase sempre no gol), ele adora jogar sinuca e sempre pedia para comprar uma ficha para ele. O local predileto para ele jogar a sinuca era no bar da Dona Guidinha e ficava horas com o taco matando as bolas. De vez enquanto Dona Guidinha o espantava do local devido ao forte cheiro dele que incomodava a freguesia.

Teve um dia que deram uma ficha para ele jogar e a Dona Guidinha queria que ele fosse embora, nesse momento alguém disse para ela que pagara a ficha para ele brincar. Nesse instante ele sorridente como sempre disse: "Sai fora Dona Guidinha!". Todos riram intensamente. Esse refrão do Luizinho virou febre nas partidas de sinuca e por muito tempo e as pessoas o repetiam quando saiam de sinuca ou quando ganhava a partida.

Luizinho Cheiroso fez parte de nossa história.

OS DOIDOS DO BAIRRO UNIÃO: BATATINHA

"Batatinha quando nasce espalha a rama pelo chão. Menininha quando dorme põe a mão no coração. Sou pequenininha do tamanho de um botão, carrego papai no bolso e mamãe no coração O bolso furou e o papai caiu no chão. Mamãe que é mais querida ficou no coração". Quem nunca cantou ou escutou esses versos? Isso se chama Parlendas são versos infantis ritmados e repetitivos, normalmente breves e com rimas.

São versos simples, divertidos e de fácil memorização. São criações anônimas que fazem parte do folclore brasileiro e passam de geração para geração, transmitindo a cultura oral popular. Nosso conto de hoje é também de uma pessoa folclórica que tinha problemas mentais e assim como muitos loucos do nosso bairro era uma criança dentro de um corpo adulto que não era compreendido pelas pessoas.

O nome dela era Maria Aparecida e o apelido que provocava sua ira era Batatinha. Agora vamos ao conto que acontecera no período por volta do ano de 1966 até 1970:

Origem e caracterização do ambiente

Batatinha era de família muito humilde que morava na Rua Manoel Miranda na Vila Laginha (depois Vilas Reunidas) foi casada mesmo com seus problemas mentais e teve um filho chamado Geraldo que também era doente mental.

O Geraldo inclusive depois de adulto se vestia de terno e falava para todo mundo que era advogado. Na casa da Batatinha também era sede de um terreiro de macumba chamado Vovó Conga e que funcionou por muito tempo até a Batatinha ficar viúva e também piorar a sua situação mental. Assim, foi morar na sua terceira idade junto com uma de suas irmãs em barracão no quarteirão da Rua Jéferson com Rua Nelson.

Essa moradia fazia fundo com a casa da Dona Nazaré em uma época em que esse quarteirão era pouco povoado e podiam-se transitar livremente pelos quintais das casas, pois a maioria nesse tempo não tinham muros e somente algumas cercas. Também tinha diversas criações de animais como cavalos, cabritos e até vaca pastando nos lotes vagos das ruas. As ruas não eram asfaltadas e quando chovia muito grande valões e voçorocas apareciam deixando as ruas enlamaçadas e escorregadias.

Batatinha apelido – origem

A cantiga já era incorporada a cultura e se passava de geração a geração, sem sempre cantadas pelas crianças, porém em algum momento alguém notou que a Maria aparecida era uma senhorinha gordinha, baixinha, branquinha e ainda amarrava um pano prendendo o cabelo. Usava vestidos longos ou saião e seus braços e pernas curtos, porém gordos e arredondados levava a imaginação de uma batata andante. Assim começaram a chama-la de Batatinha deixando-a bastante irritada o que provocava nela uma grande revolta.

Primeiramente as crianças começaram a chama-la pelo apelido depois até as outras pessoas começaram também. Ela com muita dificuldade de comunicação, embora conversasse sozinha e às vezes cantava musicas do candomblé, apelava para rebater o apelido xingando de palavrões e atirando paus e pedras naqueles que aventuravam a chama-la pelo apelido.

Outros alegam que o apelido de Batatinha teve origem na Mercearia do Prata Fina na Rua Lorca, local aonde ela gostava de ir e ficar sentada na entrada e pedia que as pessoas comprasse biscoito Maria para ela.

Teve um dia nesse local que ela sentou na entrada perto de um saco de batatas e alguém perguntou ao atendente se tinha batatas e ele respondeu: "Tem sim, o saco está ali na entrada perto da porta". As pessoas que estavam na mercearia olharam para o saco de batatas junto da Maria Aparecida sentada bem próximo começaram a rir, pois parecia que tinha dois sacos de batatas.

Crianças da escola

A Batatinha tinha seu itinerário que percorria todos os dias. Sedo pela manhã passava pelo fundo da sua casa entrava nos lotes vagos da Rua Lincoln e se achasse alguém no caminho começava a xingar de palavrões. Descia a rua em direção a Padaria do Sr. Correa que ficava na esquina da Rua Pitts com Rua Bolívar. Lá ficava por um bom tempo esperando ganhar um agrado que sempre recebia do padeiro ou das pessoas para ficarem livre dela.

Às vezes coincidia dela retornar para casa e encontrar as crianças saindo do Grupo Escolar Francisco Azevedo e a confusão sempre acontecia. A meninada cantava "Batatinha quando nasce esparrama pelo chão" era o suficiente para ela pegar pedras e começar a jogar em todos que estivem próximos.

Não se importava se era idosa, criança ou doente, atirava as pedras sem dó. Lembro-me uma vez que minha tia Neneca (Maria Helena) uma mocinha irmã de minha mãe estava subindo a rua e os meninos mexeram com ela cantando o refrão e ela atirou diversas pedras sendo que uma acertou a Neneca nas costas. Neneca chegou a nossa casa chorando muito e ficara com luxação nas costas por muito tempo.

O Varal de roupa

Naquele tempo as casas não possuíam muros e apenas cercas e as pessoas estendiam varais de arame para a secagem de roupas. O grande problema era justamente a Batatinha, pois sempre que passavam e tinha roupas no varal das casas ela limpava as mãos ou jogava as roupas no chão.

Teve um dia em que minha mãe ficou muito nervosa com ela, pois tinha acabado de colocar os lençóis no varal e ela ao passar pelo terreno baldio pisou em uma poia (bosta) de vaca sujando os pés e as pernas foi limpar o corpo justamente com os lençóis. Porém, foi flagrada pela minha mãe no momento em que estava cometendo o crime sendo espantada com uma varinha e colocada para correr. Ela correu, porém os palavrões e ameaças foram muitos, mas depois desse dia ela não passou mais pelo nosso quintal.

O alpendre apedrejado

Naquele tempo a molecada às vezes se reunia próximo à casa do Walmir (Ica) para brincar ou fazer algum tipo de traquinagem e um desses dias estavam ali reunidos muitos meninos (Ica, Vicente, Queijinho, Delcinho, Tobá e outros) eram mais de dez e viram a Batatinha passando na rua e mexeram com ela. Cantaram o refrão e correram para o alpendre para agacharem e se esconderem, porém, ela os viu e começou a chuva de pedra. A pontaria dela não era muito boa, mas uma das pedras atingiu a vidraça da janela do alpendre e a molecada teve que sair correndo senão ela poderia quebrar os vidros da porta também.

Final

A Batatinha era um dos doidos mais limpos, pois parecia que tomava banhos de vez enquanto e trocava de roupas (sempre brancas) embora a vestimenta surrada fosse sempre parecida a mesma. O lenço da cabeça era um pano de saco alvejado e o calçado era sempre chinelos. Ela também carregava de vez em quando um saco de pano vazio e não se sabe para que ele servisse, porém ninguém o tirava dela.

Lembro que quando estava no quarto ano do grupo e estava merendando perto da professora Dona Maria Eduarda que comentara com a Dona Geralda que a Batatinha tinha sido recolhida para uma casa de repouso de doentes mentais.

Acho que ela já faleceu, mas deixou saudades em um tempo que a liberdade de expressão das pessoas era total, pois se xingava palavrões, colocava-se apelidos e mexia-se com os doidos e não existia Bullying.

Printed in Great Britain
by Amazon

37142882R00016